生命《いのち》の杜《もり》
序章

長嶋 礼
NAGASHIMA Rei

文芸社

※この作品は著者の体験をまとめたエッセイですが、一部、登場人物は仮名にしてあります。

一

二〇二二年三月末明、岡山県の一刻堂書店（自宅兼店舗）の浴室で倒れた私は、そのままこの体験を、子や孫に伝えたいと考えていた。

何時間ここで助けを待つことになるのかわからない、待っている間、本の構想を練ろうと思った。

ちらっと時計を見ると夜中だった。「晴れの国」岡山には珍しく大雨の夜だった。

そのうちに、雨が小降りに変わったのがわかった。人が外に出てくる気配がした。しかしここは両隣が駐車場なので、簡単には助けを求められない。もう少し待とう。

その間にもあれこれ考えていた。そのうち店の電話が鳴った。たぶん約束をしていた保険屋さんだ。手足を動かそうにも動けない。とうとう一晩、あの寒い中で過ごしてしまったのだ。

幸い、足がシャワーのひねり口に届いていたので、時折シャワーを出して暖をとっていた。春の初めとはいえ寒いが、ここは岡山だ。何とか寒さをしのぐことができた。そうこうするうちに、人がたくさん外に出てきたようだ。

私は、とにかく、話の構想を練ることに専念した。そのことが、私の息を絶えさせないことにつながると考えたからだ。外はまだ雨のようだ。

裏に住む子どもたちが帰ってくるのを、私はひたすら待った。あの子たちはたぶん、ここに越して来た時、十歳前後だったから、今や二十歳ぐらいだろう。きっと助けてもらえると思った。三階建ての隣の家は、ここからはあまりにも遠く、すぐ裏のお家のお風呂が近接していたので、あの子たちに声をかけようと考えていた。


夜になって、ようやく雨が止んだようだ。チャンスだと思った。相変わらず、両隣の駐車場が騒がしくなっていた。しかし必ずしも同じ人が使用しているわけではないこのパーキングの使用者には、助けを求められない。

そのうち、裏の家が電気をつけたらしい。毎晩聞こえていた楽しげな若い女の子のおしゃべりが、私の心を励ました。そこで、思い切って助けてと何度も声をかけた。何度目かで気が付いてくれて、外に出てきてくれた気配がした。

「どこですか？」

「どこですか？」

探し回っているようだった。

「あなたのすぐ前の家の一刻堂です。お風呂で倒れているので、救急車を呼んでください」

努めて落ち着いて言うようにした。

二

雪が解けて、およそ三か月ぶり、岡山の病院から別宅のある広島県三次《みよし》市に戻ってきた。

介護タクシーで霧の中をひたすら走ってきた。運転手は携帯で、市内に入ったことを次の入院先の病院に告げた。予定通りの運行だ。

高速を下りて、電話の相手の指示に従い、病院のさらに奥にある駐車場に入った。

「トイレに行ってくる」

運転手は、口早に言い残して、玄関のほうに行ってしまった。ここは裏口で、ふだんはほとんど使われていないようなところだった。残された車に、防護服に身を包んだ看護師が声をかけてきた。

「お疲れ様でした。運転手さんは？」

探したものの見当たらない。私は車の中から、

「お手洗いに行かれました。あちらを出てからずっと我慢されていたようでしたから」

運転手がいないので、勝手に降りるわけにもいかない。第一、まるっきし私は歩くことができないのだ。

看護師は恐縮して、小雨に打たれながら一緒に運転手を待った。ようやく戻ってきた運転手は、豪華な造りのタクシーの後ろを開けて、車椅子ごと降ろしてくれた。

ようやく解放された私は、さっそくトイレを求めた。急いで一般の車椅子に乗り換えさせられて、厳重にビニールで囲いをされたトイレに、看護師に連れられていった。

そのあいだに、車は急いで岡山へ帰っていった。

後は、私一人でＰＣＲ検査を待った。

検査の結果が出るまでさらに待たされた。それが終わると、レントゲン検査を受け、ＰＣＲ検査が陰性であることが判明して、初めて四階のナースステーションへ案内された。

もう、昼はとっくに過ぎていた。そこでいろんなことを聞かれたが、もう、何が何だか覚えていない。

とにかく、お腹が空いていた。水も飲みたかった。考えてみれば、岡山からここまで二時間とばしてきたことになる。さらに待たされたのだ。とにかく飲んで食べた。

もともとは太っていたため、食べ過ぎるなと厳しく言って聞かされてきたが、一か月入院して、転院するころには、

「ご飯食べなきゃリハビリに耐えられんよ」

と言われるようになっていた。

しかし、食べたくないというより、食べられないのが本当だった。

岡山の病院で点滴を一週間の挙句、食事は五分粥におかずが少々。寝たきりで、それでも点滴のおかげでお腹は空かなかった。排便もなく、排尿のみの毎日だった。排尿は袋をぶら下げていたため、感覚はなかった。

たぶん、一週間ぐらいして、病室を変わったと思う。転院するまで五分粥を食べていた。

三

三次の病院に転院して二日目、リハビリが始まった。

食堂に出て、みんなで食事をする。人によって、少しずつ内容も量も異なる。それでも基本はあるらしい。そんなだから、排便もなく、看護師に毎日催促されても出る兆しがなく、怪しむなら浣腸でも何でもして欲しいと思った。

急性期の病院に入院してから、あれほど待ち焦がれていたはずの食事だったが、二、三日すると、もうどうでもよくなっていた。

点滴で生きてきたのに慣れて、欲求がなくなると、寝たきりの生活では食べたくもないのだ。食事がどうでもよくなるとは、人生最大のピンチである。

誤嚥性肺炎を起こしていて危なかったというので、細かく刻んだ食材の上にはどれもとろみがかかっており、お茶にもとろみが入っている。このとろみ成分が多すぎて、ある日などは、湯呑の中のお茶がなかなか出てこないこともあった。とろみが入った分だけ、無味乾燥となり、味が画一化しておいしくなかった。

私の入った病室はカーテンで四つに区切った四人部屋で、食事は各自で食べる「孤食」である。

枕元まで運ばれてくる食事は、最初、いつ食べていいかわからなかった。蓋をあけに来るわけでもなく、箸を配るわけでもなく、置かれたまま、ただじっと眺めていた。私は、どこでどうやって食べていいのかさえわからなかった。食事はどんどん冷えていく。周りの人たちがそれぞれ食べ終わっているような気配を感じながら、一人そわそわしていた。

そこへ介護士さんが来て、

「あら、まだ食べてないの」

と言った。

初めて食事をするので、どこでどのように食べていいのかわからないと言うと、驚いたように説明を始めた。

私はベッドの上に寝たまま起き上がることもできないでいた。だから茶碗や箸を持つこともできないでいた。そして箸は配られてもいなかった。箸は窓際の箸立てにあった。こうしたことも教えられず、ただ食事が配られていたわけで、すべて、この病院がコロナ患者を受け入れたための忙しさからきているのかなと思った。

同じ病室で、いろいろな病の患者が、毎日のように入れ替わっていく。心臓、脳出血、各種の癌、隣の人は不明だった。長くかかりそうな病。寝たきりで点滴をつけっぱなし。私も少し前はこの状態だったのかもしれない。

時折、男性の看護師が来て、

「このままでは、床ずれができてしまいますよ。時々ころころ動かしましょうか？」

と声をかけてくれた。

この病棟に男性の看護師がいることに驚いていた。あれこれ考える間もなく、床ずれは嫌だという思いだけでうなずいていた。

その夜、何度か動かされ夜が明けた。男性の看護師は、夜勤が明けて帰っていったということを後になって知った。

街が桜色に包まれる頃、もう一方のベッドに不思議な女性の患者が入ってきた。

看護師が声をかけても、一言も返事を返さない。食べることを制限されているわけでもない。何も食べようとしない。そのうち、看護師は食べ物の量を量り始めたようだった。

ある深夜、ごそごそ物音がした。まるで、ホラー映画で「貞子」が登場するシーンのような不気味な音だ。ひとりでは、耳にしたくない物音。ベッドから離れられない私は、かろうじて布団を被って耐えた。

「ばりばりっ」

何やら、かみ砕く音がする。ここは病院だ。何が起きているのか確かめたい。朝が来るのが待ち遠しかった。

配膳車前あたりで、二人の若い看護師の声が響く。

「おはよう、〇〇さん」

隣のベッドからは、いつものように返事はない。

「あら、ごみ箱にごみが……」

「〇〇さん、ジュースも飲んだのね。よかったわ」

二人の看護師は、

「おかき一枚、オレンジジュース一本」

メモ書きして帰った。

次の日には、また、無言のままの相手に、

「ジュース、飲めましたか？」

声をかけると同時に、カーテンを開ける音がした。

「あれーっ」

しばらくして誰かが駆け付けたようで、ガサゴソと二人で何か作業をしていた。

「○○さん、ここはトイレではないんよ」

別の声がして、

「お手伝いしましょうか？」

カーテンが一斉に開いた。

掃除の人たちも一緒になって拭き掃除が始まった。床は濡れてベトベトだった。隣のベッドとの間には、センサーを仕込んだ敷物が敷いてあった。そのおかげで、こちら側へ水分が染み出すのを免れていた。

ちょうど、迎えに来た言語聴覚士のおかげで、私はリハビリ室に逃れることができた。リハビリから戻ると、部屋はきれいに片付いており、各部屋のカーテンも元通り閉まっていた。

四

岡山の病院でのこと。

毎朝の検温に来た看護師に隣の老女の声が重なる。

「朝の準備に行かなければ」

「いいんですよ。ここは病院ですから。ゆっくりしてください。もう一度寝ていてください。朝ごはんは、しばらくしてから届けますから」

「ああ、そうですか。楽をさせていただいて申し訳ありませんねぇ」

こんなやり取りをする毎日だった。
二、三日して、朝食の終わった後、ドクターが老女に、
「別の病院に移ってもらいますよ。もうすぐ息子さんが迎えに来てくれますからね」

と告げると、嬉しそうな大きな声で長々と感謝を述べた。

家では看られないと言われても、息子が来てくれるというだけで、それほど嬉しいのだ。

空いたベッドは、夕方にはたちまちに塞がっていた。時折、何人もの看護師が入れ代わり立ち代わり来て、機械を操作する音がする。患者の夕食が終わった後も続く。

夜に入って、

「ピーッ」

という鋭い音が響く。何か異常を知らせる音に違いない。誰も現れる気配がない。異様なうめき声が聞こえ、荒い息が聞こえる。眠れないままに、看護師が早く来ることを祈るばかりだ。

自分の指先は動くことを思い出し、思い切ってナースコールを送った。バタバタと足音がして戸が開けられる音がした。隣のカーテンが開いた。ようやくわかってくれたようだ。安堵して眠りについたので、後のことは知らない。


「これ押したら、お姉ちゃんたちが来てくれるんだね」

うめき声の主、老女の甘えたような言い方が、耳に飛び込んできた。

「はい、遠慮なく押してくださいね」

(あーっ、やめておけばいいのに)

どちらに対しても思った。

案の定、一時間ばかりの間に、老女は何度もナースコールを押すものだから、最初のうちは若い看護師も応えていたが、そのうちぱったり来なくなった。

夕食近くには、

「助けてぇ」

「助けてぇ」

老女の情けない声が響き渡った。


コロナ禍の多忙の中、駆け回る看護師に同情の心を寄せながらも、時にどうしようもない苛立ちが高じるようなこともあった。

何度ナースコールをしても来てくれない。相当時間が経って、やっと来てくれた。

「だめでした。時間切れでした」

私が申し訳なさそうに言うと、

「おしめをしているのだから、いいじゃないですか」

そう言われることがどれほど屈辱的なことか、看護師にはわからないのかと思った。

「こんなことに慣れることで、みんな認知症が進むんじゃないでしょうか」

それほど忙しいにしても、そんな風にしか返せなかったのか……と情けない。

一か月と言われていた入院も、一か月半を迎える頃、毎朝必ず診に来てくれていたドクターからやっと、

「三次の病院から空きができたと知らせてきました。明日、転院できますよ。お待たせしました」

という言葉が聞けた。

五

ひらひらひら　ゆらゆらゆら……

無数の生き物が食堂の窓の向こうに飛んでいる。懐かしいオハグロトンボか……。夕暮れの明かりに魅せられたものたちの正体を確かめたくて、耳だけをそばだてていると、こつんと、かすかなものがぶつかる音。あれは、固いものが、確かに窓にぶつかる音だ、オハグロトンボじゃない。

翌朝、看護師が開けてくれたカーテンの向こうに、何羽ものツバメの行き交う姿を認めた。ツバメは窓の上の張り出し部分に巣くっているが、子どもの姿はわからない。声も聞こえないものの、熱心にえさを運んでいる親の様子が見えた。床には、フンが点々と落ちている。梅雨になると、小鳥特有の臭いや羽根が舞い込むようになった。

食堂に行くたびに気になる老人がいた。垢抜けしたところのある人だった。

「師匠」と呼ばれていて、いつも口三味線を弾き、太鼓をたたく仕草をしている。だれかが「めだかの学校」をリクエストすると、それに応えて指を動かす。オルガンやピアノの指使いではない。「しょうじょうじのたぬきばやし」は、K子さんが好きな歌らしく、いつも歌ってもらっていた。どんな歌でも一緒に楽しそうに歌う。周りの人たちも、くすくす笑いながらも歌っていた。

近在の村々では田植えが終わったという話題が、患者の間で盛んに行われている頃のことだった。

ある夕食の時、小柄なK子さんが、食堂の真ん中あたりで、すっくと立ち上がった。

「皆さん、今日はご苦労様でした。何もありませんが、どうぞくつろいでいって下さい」

演説を始めた。夕食が配られるまでのわずかな時間だった。古参の看護師が、

「ああして、昔は地域の人たちに挨拶をして、田植えの手伝いの労をねぎらったんじゃろうね」

と囁いた。看護師は一人拍手を送った。私も、その見事なあいさつに心打たれて、続いて拍手を送った。演説が終わると、誰かから、田植えのうたが始まった。幾人かの老人が一緒に歌った。

二、三日して、師匠は退院していった。K子さんは、すっかり元気をなくして、二人の宴会はなくなった。
夜明け前、トイレに連れて行ってもらった時、ぼんやり一人廊下で立っている人影を見た。

「K子さん？」

返事がない。ぼんやりぽつんと、廊下の真ん中にいた。もう一度声をかけた。K子さんは、すうっとそのまま闇の中へ吸い込まれるように消えた。後ろから、看護師さんがそうっと付き添っていった。

翌朝、看護師さんが部屋に立ち寄り、

「師匠が退院してから、ぼんやりしちゃってねえ、いつもあんな調子なのよ」

ほどなく、K子さんも退院していった。


ちょうど、師匠やK子さんと同じ頃、名前は知らないままお別れした人がいた。だから、「おっさん」と呼ぶことにする。

おっさんは、歳のころは八十代半ば。頑固そうな顔をして、いつも食堂に一人で座っていた。なぜか、出されるお手拭きを頭にのせて食事をしていた。誰とも交わろうともせず、終始黙り込んでいた。

ある朝、ほかの部屋の人を驚かせるような怒鳴り声が聞こえた。

「……ここへ来てから、何も食わしてもらっておらん。……昨日も……今日も……」

持っていたスプーンを投げつけたという。投げつけられた看護師さんも知らん顔して朝食を配り、おっさんはそれをいただいていた。

このおっさんの家の近所に自宅があるという人が私の同室だった。

「あんな人じゃなかったのにねえ。大阪から奥さんと二人で帰ってきて、奥さんを亡くしてから一人暮らしになっちゃってねえ。それから少し、人付き合いがなくなったからね」

年配の看護師に、甘えたい気持ちになったのだろう。

その日の午後、日勤の看護師、いつも元気な村田さんが来た。午後のリハビリの休憩時間に、おっさんが一人何することもなく、車椅子に腰かけていた。そこへ、村田さんが例によって元気に現れた。おっさんは、はじめて出会った人の姿を見るなり、

「ここには、恐ろしい女がおる」

と叫んで車椅子を動かした。村田さんは笑いながら近寄り、

「何、言っとるん」

周りを威圧するような雰囲気からみんな敬遠していたが、おっさんのまた違う一面を見たようで、みんなの目がそこに集中した。

「村田さん、何したん」

村田さんは、いっそうにこにこしながら、

「別に。こちょこちょしただけよ」

くすぐるような手つきをしながら答えた。

「止めろ！　寄るな！　怖い女だ」

おっさんは頭から湯気を出さんばかりに、真剣に怒り出した。リハビリの理学療法士がおっさんを呼びに来て、このバトルは終わった。


その後も、何度もおっさんと遭遇した。ほとんど村田さんに車椅子を押されて食堂に現れた。不思議なことにおっさんは至っておとなしくなっていた。

「ここには、恐ろしい女がおる」

なんて言葉は二度と言わない。村田さんと一緒の時には、必ず元気な声で、

「皆さん、今晩は」

なんて気さくな声をかけてくれる。娘ぐらいの歳の介護士に、心和んでいったのであろう。

そんなある日、食堂でおっさんと二人きりになってしまった。読み終えた新聞をたたんでいるところへ、おっさんが車椅子を動かして寄って来たのがわかった。孤立より交流である。いつまでも、理由なく避けていないで、話してみようと構えていた。

しかし、

「リハビリですよ。迎えに来ました」

の声で、おっさんと接点を持つ機会は失われた。

翌日には、おっさんの部屋の名札はなくなっていた。


「かんごしさん、かんごしさん」

朝昼構わず声がする。看護師は対応しているのだが、ある人が、あまりにのべつ幕なしにヒステリックに怒鳴るものだから、近隣の部屋から、これに対して、あるいは、看護師に対して、うるさいだの黙らせろだの、ぶつぶつとヤジさえ入る。

「薬、ちょうだい」

他《よそ》の人が聞いたら物騒な言葉だ。

また、もうすぐ退院の比較的若い女性が、六月の早朝、ひとりで杖の歩行練習をしているとき、年齢不詳の女性で、言語障害なのか、いつもうまく話せない人が、聞いたことのない声を上げて、朝のお日様に向かって、

「コケコッコー」

と言っているのであった。

そして、私と親しくしていた元校長の女性が、バッグに荷物を詰めて、押し車に載せ、エレベーターに向かおうとしているのに出会った。その後、元校長が食堂にいたので、今朝のことを聞いてみた。

「入院してきた人が、私の夫がどこかで倒れていたのを助けられて入院したものの、高いびきで寝たままだという話をしてくれたので、居ても立ってもいられなくなったの」

と言う。

一体、いつの話なのか、話している人も大丈夫なのか、まるでわからない。

「病院からは、そんな連絡あったの？　息子さんからは？」

「ナースステーションに、まずは相談に行きましょう。そうでないと、看護師も患者もびっくりするだけだから。本当のところ、どうなのか、はっきりさせましょう」

「何なら、ついて行ってあげましょうか」

口々にまわりの人は言うものの、

「いい。私が落ち着きをなくして、声を荒げては恥ずかしいから」

と元校長は断っていたが。その後うまくいったかどうかはわからない。

病院での出会いと別れとは、こんな具合で、わからないことばかりだが、ともかく同じところで二度と会うことのないよう祈るばかりだ。

六

ここは、リハビリ専門の病院である。この病院の入院患者のうち男性は二、三割ぐらいであり、残りは女性。しかも、八十歳以上が圧倒的に多い。大抵は脳内出血や脳血栓、脳卒中などの後遺症によるリハビリである。

残りは骨折などによるリハビリである。中には複雑な骨折の人もあり、入退院で、人の入れ替わりはあるものの、男女比はこれぐらいで一定していた。やはり女性の方が長生きということだろう。ここの男性の平均年齢は女性よりもずっと低い。

七月のある日、食堂がいっぱいで、何人かの人たちは、少し早い組と少し遅い組に分けられて、朝食をとらねばならなかった。遅めの組の私たちのところに、寺田さんというおばあちゃんが初めて一緒になった。長く入院している人の中には、

「○○さんとだったら嫌だ」

とか、

「××さんだったらいいや」

と言う人が多くいたが、寺田さんと私は、だれとでもよかった。寺田さんは、大抵遅い組の最後に食堂に行くようだった。

一番若い看護師に連れられてきた寺田さんは、来るなり、

「これが、気が利かん奴やけえ、こんなに遅うなってしまった」

と顎で看護師を指した。

看護師は困惑した顔で黙っていた。この人は、いつもこういう態度なんだという気がした。

「これが気が利かんけえ、なんともならん」

と看護師のせいにした。看護師は、小さな声で、

「すみません」

と返した。何が済まないのだろうと、私は思った。寺田さんとの間に、何があったのかわからないが、寺田さんがイライラする原因が確かにこの看護師にあったのだろうことは、私との間に起こった事柄からしても、察しがついた。とにかく気が利かないのだ。

夜中にナースコールをすれば、大至急ということになっていたので、夜勤の人は誰もが

手を貸してくれる。ところが、この人はそうはいかなかった。

「どうしましたか？」

とやってきて、黙って見ている。こちらが返事が返せないこともあったが、

「助けて、急いでいる」と言っても、

「どうしたらいいんですか？」

とのんびり答える。

もうこの段階で、私自身がぶち切れているし、事態は深刻化するばかり、口も利きたくなくなるし、具合も悪くなる。寺田さんもきっと同じような思いをしたのだろう。

それでも、初めて会った寺田さんはとにかく印象が悪かった。

「リハビリって言ったって、畳の目一つくらいしか良くならんのに、ありがたがって続けられるものか。栄養になるって言ったって、来る日も来る日も同じような魚ばかりじゃ、もう飽きたわい」

と言った具合に、口が悪い。そんな寺田さんに、

「たとえ一日一目でも、十日やれば十目になる。三十日なら、三センチ進む。何でも積み重ねですよ。諦めずにやり続けましょうよ」

自分を励ましつつ話した看護師さんがいた。

ある日、秋山さんと伊藤さんという男性の看護師が、大笑いしながらやって来た。

「そんなに楽しいことがあったの？」

「二〇五号室のお姉さま方がね。『私は六よ。あんたは二なら、まだまだよ。えっ、七なの？　参ったね』って感じで話してるんですよ」

二人はまた大爆笑した。怪訝な目で見ている私たちに、

「二〇五号室の人たちは、九十代の歳比べをしていたのですよ」

食事の帰りに、そんな二〇五号室のメンバーを確かめてみた。その中には、寺田さんの名札があった。

夕方、寺田さんが、

「明日から、寂しゅうなるわ。二人もいっぺんに帰ってしまうんじゃ。明後日は一人、そしたら、私一人になる」

がっかりした様子で言った。

「まだまだ居るよ。頑張ろうね」

私の部屋の九十代が言った。その人はコロナ明けに治って帰られた。


早朝一番、ひとりでトイレに行くと、洗濯場から、

「おはようさん、頑張っているかい」

寺田さんの張り切った大きな声が響いた。寺田さんの声と、看護師の村田さんの声はどこか似ている気がする。

声を聞くだけで元気が出る。

「早くから洗濯ですか？」

「一人じゃけえのう。帰っても、一人じゃけえ、やらんといけん」

やはり噂通り、寺田さんは、神石高原町の山の中でひとり暮らしなのだった。

火曜、金曜日は入浴の日だった。寺田さんも同じグループだった。

ほとんどのお年寄りは髪が短いか少ない。私は、ここでは髪が多い方だった。散髪は、毎月一回バスが来て、希望者がやってもらえた。

この日は入浴だけだった。髪の多い人は、夏は太陽に晒すなどして乾かしていた。その中で、ぎょっとする人相の人があった。

「恐ろしいじゃろう」

確かにそう思って眺めていただけに、ぞくっとした。あれだけの髪を持っているのは、普段、三つ編みにしている寺田さん以外にない。寺田さんは車椅子から降りて、長く豊かな髪を風に晒していた。

「ああ、びっくりした」

とだけ言って、笑ってごまかした。

「毎朝、大変ですねえ」

「じゃから、月に一回しか洗ってもらわんのよ」

私も九十代になったとき、あれだけの髪があるのだろうか。

七

岡山の病院から三次の病院に転院したその日から、トイレのちり紙折りをしている男性を見つけた。初めて見た。三年前には、どれだけ女性が「トイレの紙が少ない」と言って、手分けをして折っていても、男性たちは知らん顔してお茶を飲んでいたが。

体力のない私は、こういう人たちの働きに黙ってお世話になっていた。

この男性は骨折で入院され、じきに退院していった。その後を継ぐ人も、すぐに現れた。私たちは同世代で嬉しく思った。病院の患者も少しずつ世代交代をしているのだろう。

人によってさまざまだ。

「おじいさん、おばあさん」

と一括りにしないで欲しい。

この病院に移った四、五月頃、作業療法のベッドに寝転んで見上げると、窓の外はツバメとツバメの雛だらけだった。

私の病室の方にいたのは、腰のあたりが赤い「コシアカツバメ」だったが、こちらはちょっと違うようだった。羽根の下に赤いものがなかった。

両者はそれぞれ棲み分けているようで、と言っても、空中でけんかをしているようでも、仲良くしている風でもなかった。病室の方のツバメは六月頃には少し減ったようで、七月には、見かけなくなっていた。


東広島の方から通勤されているB部長さんが、

「今朝は家の近くで、小鹿が車に轢かれてましたよ」

など、いつも動物のことを気にかけている。

「この前から、ここに、スズメの雛が落ちてきて気にしているんですよ。仲間が餌を運んでやっているらしいんですが、声はしても、姿が見えんですよ」

どうやらこの西側のツバメの巣は、ツバメの成長とともに、スズメの巣として乗っ取られたらしく、いつからか、スズメが巣として使用しているらしい。高い階にあるので、猫や蛇などの天敵から身を守るには、最適である。

ある日、雷（どんどろさん）が鳴ったかと思うと、空がにわかに曇りだし、島根の方の空が落ち着かない。

私は廊下で歩く練習をしていた。部屋に戻ろうとすると、

「ズイズイズイ……」

異様な鳴き声がした。

廊下の窓から見えるところに、一羽の鳥がうずくまっていた。

「ズイズイズイ」

と、あまり聞いたことのない鳴き方に、足を止め（車椅子を止め）しばし見入っていた。どうやらツバメのようだが、大きさからしておかしい。膨らんで異様に大きい。鳴き方も変だ。

そこへいつもの成鳥のツバメが一羽飛んできた。飛んできたツバメは、大きな声でズイズイズイと鳴く。体の大きなツバメの様子をしきりに心配そうに覗き込んでいる。

それがどこかへ飛んで行ったかと思うと、もう一羽やってきて、やはりズイズイズイと鳴いては、コンクリートのかけらをひっくり返して、しきりに何かを探し始めた。

やがて、それが飛び去った後、膨らんだツバメが一羽だけになり、もう動かなくなって

しまった。私はこのツバメを看取るのだろうか。恐ろしくなって部屋にいったん入った。

また空が怪しくなり、どんどろさんが鳴った。西の空に、ひときわ大きな閃光が走った。雨はじきに止んだ。山の天気はすぐに変わる。どんどろさんに洗い流された、ほこりっぽかった町に夏空が光ってきた。

屋根のぎらぎらとした照り返しを受けながら、電線に等間隔に並んで留まる、大きく成長したツバメたちが、それぞれの羽根の繕いをしている。

窓辺にいたツバメは、どんどろさんに連れられて行ってしまった。

八

土用の丑の日が近づいてきた。

入院していると、楽しみは、食べることぐらいである。五月の終わりごろになって、土日には、たいていの患者の喜ぶものが、昼食か朝食に出されると気が付いていた。カレー、シチュー、ちらし寿司などである。時には、甘いものが付くこともあった。

こんなメニューだと、ほとんどの人が、

「ほう」

と感心し、

「完食しました」

の声も上がる。

「いつもこうだといいね」

暑くなって食欲の落ち始めたころ、大きな黒い椀が出た。看護師が蓋を取ると、全員が歓声を上げた。アナゴ丼だった。その後には、それまでの三か月間には出たことのない、うどんやそばが出ることもあった。

残念ながら、塩分控え目の人や、糖尿食を取っている人には、大盛が小盛とされたり、違うメニューだったりした。

私も、一度だけそんなつらい思いをしたことがある。

日ごろから体力筋力がなくなっていると言われ、理学療法士から、

「ちゃんと食べてる？」

「出されたものは食べてる？」

と確かめられていた。

食いしん坊な私は、食べてないということはなかった。

「食べてます」

と答えていたが、嫌いな鶏肉は初めのメニューから外されていた。

「本当は鶏肉が一番良いのにね。何にでも合って調理できるしね」

ことあるごとに看護師から言われていた。

六月からは毎日、ペダル踏みを自主トレーニングとして行うように理学療法士から言わ

れた。

　喜んで始めたものの、最初のころは、一回することにくたびれ果てて寝込んでいたが、それでもすぐに慣れてきた。自主トレしながら看護師に、

「この病院でも、ウナギが出るかな」

　と聞いたところ、

「出るよ、出る出る。こんなに、小さいけどね」

　小指を立てた。

「もっと小さいかな。この半分ほど。そうそう、昨日、家のがウナギを釣ってきたの。二匹」

「大漁だね。いいなあ」

　思いっきり羨ましがった。

「今年は、水不足でウナギも育たなくて、二匹ともほとんど小指ぐらい。かわいそうだから、逃がしてやればいいのに。針を飲んでいて、そのまま川に返してやっても、二匹とも死んでしまうから、そのまま持って帰ってきたというの」

期待に胸を膨らませて、丑の日を迎えた。看護師がお膳を運んできて、蓋を取ってい
く。まずご飯。私のはいつものの、おかゆと普通のご飯のちょうど真ん中の軟飯《なんはん》一五〇グラム、がっかりした。鰻丼を期待していたからだ。

次に胡瓜と何かの酢の物だ。何だろう？　献立表を見ると「うざく」とあった。そっとかき回して、ウナギを探した。かすかにウナギのタレの匂いがした。

「これだ、これですよ、ウナギ」

思わず私が言うと、

「ほんとに、よくもまあ、これだけ細かくきざんだなあ。ここまでとは見事ねえ」

看護師も覗き込んで笑った。

他の人は、何も言わず、もくもくと食べていた。

九

毎朝九時半過ぎには、看護師が医療用ワゴンに、血圧計や体温計、点滴など医療器具、薬などを載せて回ってくる。

隣の窓を開ける。

「おや、卵が落とされている」

男性の看護師の声がした。

「自然は厳しいね。自分の子でないと、巣から追い出してしまうんだね。あれ、もう一つ落ちてきた。他人の子は平気なんじゃね。邪魔なんじゃね」

看護師が二つのつぶれた卵を拾い上げる音がした。

親たちは、毎日子どものために、餌を運び育てている。他の家族とは言え、同じ種の仲間の子だというのに、なんとも冷たい厳しいものか。子殺しは昔からあるが、生き物の性《さが》なのか。

病院内にコロナが発生した日は、妙に静かで、そのくせ、落ち着かない日だった。

看護師が一人、フェイスシールドにビニールの全身防護服をつけて、病室に入ってきた。

「この病院もついに、コロナが発生しました。皆さん、カーテンを閉めて、自分の部屋にいる時も、マスクをして過ごしてください。今日から当分の間、リハビリは中止となります」

七月の終わりの暑い盛りだった。病室で誰も話すことを禁止されたかのように、黙りこくっていた。朝食から各自「孤食」となった。

静まり返った病室から出られるのは、トイレだけ。看護師や介護士に付き添われて用を足した。

夜間にトイレに行ったとき、スタッフが部屋の配置を変えて整えている様子を目にした。昼間は音が出ないように、気づかれないように、看護師たちが気を付けて少しずつ変えていった。私は、夜トイレに出ることがあったので、少しは気が付いていた。

私も、他の患者も、知りたいことだらけだった。

まず、コロナは当病院に入院中の誰かが感染したのか。新規の入院の人から発生したのか。それとも、出入りしている病院のスタッフからなのか。

　いろいろ憶測されたが、誰も、何もわからないし、教えてくれない。

　二日目、ＰＣＲ検査が始まった。何故か、二回に分けてだった。どうして二回なんだろう。誰も聞いたりはしなかったが、これだけでも憶測がさらに深化しそうだ。

　三日目、ＰＣＲ検査の結果が届き、同室の人が陰性と告げられた。私は二回目だったので、まだわからない。まだ、疑心暗鬼が心を占める。そこで初めて質問してみた。

「どうして結果がこんなに遅れて届くの？」

「今、たくさんの患者が出ているので、一か月でこんなにも多くの検査をしなければなりません」

「わかりますが、どうしてそんなに時間がかかるのでしょう？　私がここに転院した時にも検査を受けましたが、少し待ったものの、すぐに結果がわかりましたのに。県の設備って、この広島県って、そんなに保健所はないんですか？」

「急にコロナが増え出したので、各医療機関から保健所に送られてくるだけの量が膨れ上がっているのです。ここの患者だけでなく、うちのスタッフとその関係者にも感染が広がっているので、御理解ください」

　一つの医療機関でコロナが出れば、その先は計り知れない。


「……かんごふさーん」

「かんごふさーん」

　こんな時にも、子どものような叫び声が聞こえる。トイレの帰りに声のする食堂の方を見ると、見かけない女の人がパジャマ姿で座っている。その席は、普段は看護師さんが、ひとりで食べられない人に世話をする席だ。誰だろう。

　どこからコロナが発生したのか、いまだわかっていないのだから、自分の部屋から出ないでくださいと言われているのに、どうなっているのだろう。

　閉じ込められて四日が経っていた。ずっとカーテン越しに声かけ合って励まし合っていたものだから、一気に病院に対する不満や不信が沸き上がった。

　静まり返った廊下の端から端まで、

「かんごふさーん」

「かんごふさーん」

いつものヒステリックな声が響き渡った。この部屋の最長老で、いつも物静かで、歩く音さえ立てない山下さんが、

「ああ、わしらもあんな具合に怒鳴りたいわ。叫んだらどんだけすっきりするだろう」

と言った。

「そうですなあ。あげな人は、思った通りのことを言って、すっとしているんでしょうなあ」

いつも自分のことを〝甘えん坊将軍〟と呼んで、理学療法士や看護師に甘えて、食事の世話から車椅子を押してもらうことまでやらせている人も、この意見に同調していた。私も同じ意見だった。


昼のトイレには、私も車椅子で、一人で自由に行けた。どうやら患者の出入りが減っているようだ。隣の部屋も空きとなり、しかも、実質「立ち入り禁止」と言わんばかりに、いつもは開け放たれているドアがぴっちり閉まり、介護用品や消毒薬などが置かれているようだ。

たまたま通りかかると、ちょうど年配の看護師が出てきた。思わず私は、深々と頭を下げてしまった。この人は、一昨日からこの部屋に詰めていたようだった。

トイレが、ひとりずつ入るように割り当て制になった。誰かが入った後、必ず病院のスタッフが消毒する。総がかりの体制となった。

長老がつぶやいた。

「トイレの前の二つの部屋、どちらもコロナが出たようだが、トイレは行っても大丈夫かねえ？」

「もう限界だ」

の声がほかの二人から上がった。

「病院はせめて、どういう考えで、私たちにカーテンから出るな、話をするなと言っているのか。説明すべきだと思います」

「そうじゃ。誰がコロナか知りたいわけじゃない。同じ部屋の者同士がしゃべったりするのもいけないというのか」

「だから、不信感を招くのです」

「いつ、この状況が解除されるのかなんて、誰もわからないことぐらいわかっとるわ」

「年寄りだからって、なめるなと言いたい」

「ほかの部屋のもんは、どう考えておるんじゃろう」

みんながみんな声を上げる必要はない。この部屋の三人は、歳はとってはいるし、体の不自由さはあるものの、前向きに生きようとしている者ばかりだ。何よりリハビリを望んでいる。コロナに負けまいと闘っている者ばかりだ。

「今はもう、ええわ。もっと寝ときたい」

などと言っている人もいる。

私は、あと一か月でここを出て行かなくてはならないので、とても焦っていた。

これ以上良くならないと見限られたわけでもない。国の方針で、リハビリ病院は四か月以上はいられないと決められているだけなのだ。貴重な日程なのに、何もできない日が七日以上も取られていることが、私にとって悔しかった。

言ってもせんないと諦められるようなことではなかった。愚痴で済ますわけにはいかない、交渉を持つことにしようと決心した。長老と甘えん坊将軍の気持ちは大丈夫だろうか。

翌日は、一層多くのスタッフが動員されて、各部屋にやってきた。理学療法士、作業療法士は掃除、若い看護師はごみ収集と、本来とは無関係の仕事をほんの少しずつ割り当てられていた。

それぞれ、スタッフが掃除に来るたびに、

「専門のリハビリ、してもらいたいですわ」

「そうじゃ、ごみあつめなんて、もったいない」

と言うと、スタッフは一様に、

「僕（私）たちもリハビリしたいんですわ」

と返ってくる。消灯の闇の中で、私たち三人は、

「もう黙ってはいられない」

決意した。

十

翌日、思い切って、四階の責任者に申し入れに行くことにした。

「ここの責任者はどなたですか？」

「どういうご用件でしょうか？」

「詳しい説明もないままに、コロナ患者が出たから部屋から出るな、カーテンを閉めろ、勝手に外に出るな、廊下を歩くな、部屋の者同士も話をするなと言われてきましたが、もう五日を超えました。どこからコロナに感染したのか、今、どうなっているのか。誰がどうということを知りたいわけではありません。これからの見通しなどわからないことを聞いているわけではない。ただ、今リハビリを止めているわけを、私たちなりに理解したいのです」

これだけのことを、看護師長に伝えたくとも、なかなか会ってもらえない。昼になっても手が離せないという伝言だけ。夕方にも、外からの問い合わせに追われているからと、会ってすらもらえない。ということで、

「今夜、消灯までにはお返事ください。でないと眠れません」

と伝えた。はたして返事は来るのだろうか。

「眠れないとまで言ったんじゃから、何か言ってくるだろう」

「夕食後までは待ちましょう」

夕食後、すぐ看護師長が来て、

「長い間、何の説明もなく、お待たせしてしまって、申し訳ありませんでした。当病院の中からも、コロナを出してしまって。それは、仕方がないことだと思っています。スタッフの皆さんにも、ご家庭があるのに、コロナに悩まされていながら、医療に従事されていて、大変なことをさせています」

「そんなことより、院内の状況は誰がどうというのではなく、患者がいつから発症して、どう処置されたのか知りたいです」

「わしらはリハビリに来ているんです。リハビリの先生を、掃除には使わせたくないのです。リハビリの仕事を、してもらいたいのです」

感情に走りそうになった。

「率直に言って、リハビリ再開の目途はいつ頃ですか？」

「金曜日ぐらいに少しずつと考えています」

少人数、短時間でも再開したいという考え方は患者もスタッフも一致している。

「他の部屋にも伝えてもらえますか？」

「はい。これから急いで伝えます」

金曜日からは、どんな形にしろ、リハビリが再開できると聞いて元気が出た。

この二週間近く、入浴もなかった。一週間に一回、身体拭きがあっただけだった。身体がよく動かない私にはとても辛かった。しかし、ちょっと拭いてもらうだけで、本当に気持ちよかった。

その後、院内のコロナ患者は次々回復して、元の部屋に戻ってきた。


ちょうどその頃、三次市内の感染者数はピークで、割合でいうと実に十五人に一人が感染しており、鳥取、島根とともに都心以上に多かった。東京都内の患者数の割合も、報告通りではないだろうが。

どこもそうだと思うが、病院はとにかく、徹底して密を避けるようにしていた。だから、リハビリの時間を短縮したり、リハビリ室の使用をする時間を減らしたりした。特に、エレベーターに乗る人数を減らしたいがために人数制限を設けた。

リハビリ室はがらんとしていた。それでも、日に日に活気を取り戻していた。退院できた人を羨んでいたが、果たして、退院した方が良かったのか、病院にとどまっていた方が命を長らえることができたのかは、わからない。

十一

盆近くになって、新たに入院者が増えだした。

リハビリから戻ると、今日も新しい患者が案内されていた。私の転院が近い。初めからわかっていたものの、つくづくコロナによる空白の日々が悔やまれる。

病院としては、出来る限りの対応はしてくれたと思う。土日を除く五日間は、通常一日三回のリハビリのところ、土日も三回看てくれた。

そして、できる限り〝ゴッドハンド〟と言われる理学療法士を当ててくれた（もともと、ひとりは私の担当でもあった人だった）。

あと二人の理学療法士も、筋肉のつけ方など、コツをわかりやすく教えてくれる最強の理学療法士だった。これまで私は何をしていたのだろう。力がついていないことに焦った。

しかし焦っても仕方がなかった。それだけ基礎体力がなかったのだ。情けなくて、何度泣いたことか。前回の入院から四年も経っていないのだ。だからと言って諦めきれるものかと思った。

ようやくみんなで食事ができるようになった。食堂の片隅で、新入りが二人、

「やっぱりお盆はうどんじゃろ」

「いいや、そうめんじゃ」

盆の十四日は、うどんが出るのか、そうめんが出るのか言い合っている。

部屋に戻る前に、廊下にメニューが貼ってあるのを思い出した。今年新採用の今野君も、何気にメニューの前で足を止めた。

「なんだ、カレーじゃん」

二人でニヤッと笑った。

ある理学療法士がこんなことを言っていた。

「うちでは、盆のお客さんが多いから、大抵そうめんを用意しておくね。あれなら、たくさん人が来ても、茹でればいいし、麺つゆは人数に合わせてインスタントで済むもの。そんなことが理由でそうめんが多いだけで、別に伝統でも何でもないわ。それより盆は、何と言っても柏餅だったわ」

「いばらの葉で包むあれは、おいしいね」

「えっ、このあたり、盆に柏餅を食べること、知ってるん?」

「ああ、五十年前にこの地方に来た時、家々でご馳走になったから、あの味懐かしいわ」

「よく、おばあちゃんに作ってもらいました」

暑い夏の日、木陰で食べたおばあちゃんの味を一緒に懐かしく思い出していた。


中国山地中央に位置する三次盆地は、冬寒く、夏は半端なく暑い。冷房の効いた病院でさえ、昼過ぎにはたまらない暑さに見舞われる。

ことに東向きの私の部屋はたまらない。朝五時ごろには起きて着替えをするようにしている。しかしこれが時間がかかる。一時間かかっても、ズボンをはき替えられないのだ。だから、五時には起きて着替えをして、早く支度が出来たら、そのまま執筆をすることにした。

このころには、朝のトイレは一人で行ってもよいことになった。これまでも、夜中以外は誰も付き添わないで気兼ねなく済ますことができるようになっていた。それなのに、コロナがそういうパターンを覆すことになってしまったが。

そんなある日、私に、甘い匂いをぷんぷんさせて友達からスイカが届いた。部屋の中がスイカ色に染まった。

部屋は騒然となった。もちろんみんなで食べようと思った。ところが、病院の規則で、それは許されなかった。病院では、各自の病に合わないということで食べ物を交換することは許されず、患者の間でやり取りをしてはいけないということだった。

娘に電話して、そちらで食べるようにと言ったが、せっかくだから、看護師さんたちと食べなさいよと言われた。

看護師さんにその旨を伝えて、とにかく切ってもらって、皆さんと私で食べましょうと言った。看護師さんたちは、悪いなあと言いつつも、喜んでくれた。

翌日、リハビリの休み時間に食堂に行くと、看護師の秋山さんが、

「スイカ、御馳走さまです。みんなでご馳走になります。ついては、まずこれだけ食べてください」

と中ぐらいのと、大きめのと、二切れのスイカを置いて私にくれた。

「切っただけでこんなに香りで満たされて、中ばかりではなく、周りも青いところがほとんどないくらい赤いんです」

「そうねえ、早く食べましょうね。皆さんで食べてね。申し訳ないですね、ほんの少しし

かなくて」

「とんでもないです。こんな高価なスイカを、私たちまで頂いて、こちらこそです」

「ちゃんと、みんなの分ありましたか？」

「みんな喜んで食べました」

スイカを見ると、必ず五十年前の、学生時代の夏の合宿を思い出す。

いくつかの班に分かれて、民俗調査をした。私は一人班だったが、後輩と二人で家庭訪問をした。人手がそれほどないので、別の担当をしている人に教えるための担当でもあった。

その日は大雨が降った後であり、地区によっては道が川のようになっていた。私たちが行く予定だった山あたりも、大雨で孤立状態になっていた。

県道から、小川らしいものの向こうにある家に向かって、

「こんにちは」

と声をかけた。おじいさんとおばあさんが出てきた。山の中で大声。だが誰にはばかる必要もない。

「昔の話を聞かせてください」

と告げると、めったに人がこないので、二人は喜んで、

「寄っていきな」

と招いてくれた。

「どこから、お宅に行けばいいのでしょうか？」

橋のようなものも、道も見当たらない。

「なあに、そこにぶら下がっている蔓《つる》につかまって、自分の重さで川を越せばいい」

下を見ると、たいして水があるわけではない川だ。それでも蔓は高いところにある。「落ちないかなあ」

と言うと、

「だいじない」

「一瞬で来れるから、やってみい」

と言われた。信じていくしかない。自分はターザンだと思ってやれば、なんということはなく行けるはずだ。私は言われた通りやることにした。後輩は、

「危ないですよ。止めときましょう」

とさかんに尻込みする。私は〝ターザンロープ〟でおじいさんおばあさんのところに行った。彼女はひとり斜面を下りて沢を渡って、また斜面を登って、一時間ほどかけておじいさん、おばあさんのところにやって来た。私はひとり、その間に聞き書きをした。

それでスイカの話だが、その頃、別の班に行った子が、先方からお土産にと言って大きなスイカを一つ頂いたそうだ。

喉が渇いていたみんなは、二時間ほど帰る道すがら、たまらず割って食べようということになった。車のほとんど通らない道にスイカをぶつけた。粉々に割れたスイカを拾って食べたそうである。

その後、この辺りはリンゴの木を植えて、三十年程前からリンゴの産地になったという噂を聞いた。私はそのリンゴを近所で買って、仲間に送ったことがある。甘くて美味しいリンゴだった。

三年ほど前の洪水でリンゴの木の根っこが傷んで、かなりひどい被害を受けたそうである。私も元気になったら、ここまでリンゴを買いに行きたいと思う。

スイカの話からリンゴの話になってしまった。

盆の十四日になっても、まだ帰宅もできず、それどころか、コロナですっかり遅れてしまったリハビリを取り戻すべく頑張っていた。本来なら、とうに伝い歩きぐらいはできるようになっているはずなのに、いまだもって、杖の段階にも至っていない。

そんな朝、ごみ箱の隅に何やら、後ろ姿を認めた。

「ゴキブリ？」

思ったが、ここは三次の街である。

「(三次市の) 三和町には、ゴキブリはいない」

とお向かいの奥さんは断言した。

「ここは、寒いけえ、ゴキブリは死んでしまうんよ。もし出たら、あんたが岡山から連れて来たんじゃけえ、責任取りんさいよ」

厳しく言われた。ここ二年続けての温暖化で、ゴキブリがより大きくなって、生息地も広がっていたら嫌だなどと考えていた。

「今のは、ゴキブリとは違うぞ、声形はコオロギに近い」

「田舎とはいえ、三次市内のゴキもまた、街のゴキブリだろう」

そのまま、すっかり忘れて消灯となった。

消灯後のことは、次の日、甘えん坊将軍に聞いた話だが、リーンリーンと、とても気持ち良さそうに灯のないところで鳴いていたらしい。しかしだんだんうるさいと感じ始め、看護師に頼んでやっつけてもらったという。

かくて看護師、夜通しリーンリーンの声の主と格闘、やっつけたが、二匹いたうちのもう一匹の方は取り逃がしてしまったという。それでも、この部屋からは追い出したらしく、二度と姿を見なかった。

盆には、ご先祖さんが他の生き物に姿を変えて戻られるという言い伝えを信じていたので、できればそのままにしておいてほしかったなとも思った。

それにしても、あの声はマツムシでもなく、スズムシでもなく、緑色っぽい虫でもなかった。

リーン、リーン、リーンとは、はて、誰だったのかな。

十二

転院の押し迫った朝、介護士の村田さんが、朝の当番で元気にやって来た。

「今日は無理だけど、近いうちに、夜勤明けの時に、髪を切ってあげる」

約束してくれた。私は、飛び上がらんばかりに喜んだ。ここに入ってから、何か月、髪を切っていないだろう。顔も剃ってないだろう。やっと山賊頭から解放される。やっと、さっぱりしてもらえる。

その日は、じきにやって来た。村田さんに呼び出されて、食堂の奥の方に連れて行かれた。

そこは、秘密の部屋みたいになっていた、長く使っていない風呂場だった。

「ここは、コロナが流行りだして以来使われていない風呂場なんだよ。もう二年ぐらい使ってないな。男の人は、ここでバリカンで刈り込んで、お湯出して流せば終わりだけど、それではかわいそうすぎるから、もう少し丁寧に仕上げてあげる」

口は乱暴なやり方をするようなことを言うものの、村田さんが結構丁寧なのは、これまでいろんなことで知っている。それらの事柄を思い出すと、安心して任せられる。

岡山の病院でも広島の病院でも、入院の時は巻き爪が痛くてどうしようもなくなっていたのを、ものの見事に摘み取ってくれた。爪切り用の複雑な道具も一式持っている。プロの介護士であることを私は知っている。

村田さんは使われていない四階の風呂場のカギを開けて、車椅子ごと通された。広々とした風呂場は、いかにも、特殊な風呂の様子をしていた。浴槽が三つほどあり、その手前に人を寝かせたまま湯船につけられる装置がある。岡山で一度だけ、こういう風呂に入れられたことがあった。

エプロン、タオル、ハサミ、バリカンをもって、村田さんが再び現れると、

「免許も持ってないし、床屋やパーマ屋で働いたこともないけど、髪を切ってもいい？」

と尋ねた。

「よろしくお願いします」

うれしくてうれしくて仕方がなかった。村田さんは何でもこなす人だということは、仲間内でも評判だった。私より先にやってもらった男の人が二人ほどいた。いずれのおじさんの頭もよく収まっていた。心配ない。

流石に、ハサミを入れる時は緊張した。しかしバッサリ切られるたびに、頭が軽くなった。車椅子の周りにビニールを敷いて、私の身体にビニールの前掛けをして髪を切ったら、髪はほとんど散らばることなくビニールの上に落ちた。私は髪が多いので、もっと広がるのではないかと心配したが収まった。

短い時間で、程なく整えてくれた。それでも髪を梳《す》くわけにはいかないので、

「今日はこのくらいでごめんね」

最後にバリカンで刈り上げて終了。

「さっぱりした」

鏡で後ろを見せてくれた。きれいに刈り上がっていた。それ以上のことは望んではいない。手早く後片付けを終えて、村田さんが言った。

「もう、二度と入院しないこと。三度目はもうないからね」

確かに、コロナ発生前に退院していった桜木さんは、この病院に三度目の入院となった。でも、今回は、転倒による骨折だった。

それも、もう退院だというのに、

「頼むから、あと一週間ほど入院させてくれ。そうすると、何もかもうまくいく」

要するに、骨折の病院での検査も、この病院でのリハビリもうまくこなせるのだ。そこで桜木さんは頼み込んでいたのだった。それは認められた。入院が延びることをこれほど喜んでいた人はいない。私は岡山でも、

「三度目は、もうないですよ」

ドクターから言われていた。

「ありがとう、村田さん。あなたの友情に感謝します」


朝一番のリハビリを終えて食堂に行くと、いつも通り、コーヒーを前に居眠りをしているおばあちゃんに出会った。もうすぐ転院の私は、お世話になったお礼に、三十分間だけと限定で、トイレのちり紙折りを手伝い始めた。

おばあちゃんは、日光で思いっきり乾かした梅干しのようなしわの中に、目、鼻を折りたたむようにして、気持ち良さそうにうなだれて眠っていた。いつの間にか現れた村田さんが、おばあちゃんを後ろから抱きしめて、

「元気出せ、元気出せ、元気出せ、元気出せ、元気出せ、元気の注入！」

肩を揉みながら言った。今まで寝ている顔しか見たことのないおばあちゃんの顔に、赤

みが差し、目の周りのしわをぱっちりと見開くと、

「八次《やつぎ》小唄、知ってるか？」

弾んだ声で聞いた。

「知らん、ソーラン節なら知っとる」

村田さんが歌いだす前に、おばあちゃんが張り切った声で歌いだした。目の前はもちろん、顔中のしわがぴんと張り、花が咲いたよう。一〇〇歳近いと聞いていたが、とてもそんな風には思えない。

「おおおお、よみがえった、よみがえった」

村田さんの合いの手が入ると、ますます張り切って、

「にしんきたかと　かもめにとえば……」

歌声に合わせて踊りだした。おばあちゃんも車椅子に乗ったまま、手踊りを始めた。村田さんの見事な踊りっぷり。リハビリ帰りに戻ってきた人たちが、その歌、合いの手に合わせて歌う。興に乗り、おばあちゃんは車椅子の上で踊りだした。

村田さんは慌てておばあちゃんを止めようとしたが、踊りの輪はますます大きく広がり、おばあちゃんの乗った船の周りに大漁旗がはたはたとはためき、入道雲のわき立つ八月の

大空を無数のツバメが飛び交って、二人の乗った船をどこまでも祝福しているようだった。

十三

二〇二三年八月三十一日、私は老人保健施設に入所した。それまで入っていたリハビリ病院と同系列のセンターということで、リハビリが受けられるのはこの施設しかないと聞いて、ここにした。これが、入所理由の正直なところである。

施設のバスで迎えに来られて、わずか数分で着いた。リハビリ病院とは、巴橋を挟んで対岸だ。それでも日に日に、リハビリ病院がはるか遠くに感じられたのはなぜだろうか。

三次の古い町並みを望み、馬洗川《ばせんがわ》が二つに分かれて流れるあたりに施設はあった。築四十年余りの古い建物は、建て替えられてここにあり、もっと古い建物はリハビリセンターとしてリハビリ病院となっている。

そういえば、リハビリセンターの壁に、「これが元リハビリセンターなんよ」という、古びた油絵が飾ってあった。

ということは、こちらの方が新しいの……？　それにしては、ところどころ剥がれかけた壁といい、でこぼこして車椅子では動きにくい廊下は、どう見ても新しいとは言えなかった。市立ではなく、医師会が建てた病院ということだが、施設設備は、明らかに行政の財政的ひっ迫を感じさせた。

初めの四、五日は、コロナに罹っていないかの観察期間として、ナースセンター前の一室に待機する。この後、本人の様子を見て、二階か三階のどちらかに移動する。

一緒に三階に行ったのはMさんという女性、九十七歳だった。私の父より一つ年下のおばあさんに、私は親しみを覚えた。この人は認知症ではなく、しっかりした人だった。

他の多くの人たちの様子を見ていると、昔の話を繰り返し語ったり、少し前のことをすっかり忘れていたりする。Mさんは言葉は少ないが、意思はしっかりしていた。ただ、三階の部屋は別々となり、再び同じ部屋になるまではどこにいるのか知らなかった。

私はエレベーターを降りてまっすぐ左へ行った、突き当たりの一室だった。

四人部屋のこの部屋にはすでに二人が入っており、それぞれ八十歳、九十歳の人だった。

一人は食事以外ほとんど外出しないで、閉じこもりきりだった。時々、ぶつぶつと何やらひとりごとが聞こえてくる。気になって耳を澄ますと、

「ああ、なんでまだ生きているんだろう。早う迎えに来てくれんかのう。

――ふわぁ！　ナンマイダブ、ナンマイダブ、ナンマイダブ」

と、繰り返し繰り返し聞こえてくる。静かな時にカーテンの隙間からこっそり見ると寝ている。そんな時は私の筆も進んだ。

電話がかかってきて、話に夢中になっていると、いつの間にか起きていて、

「ここは地獄じゃ、ナンマイダブ、ナンマイダブ、ナンマイダブ……」

もう一人はそんな陰気な部屋を嫌ってか、私が入所した一日目は夕食ぎりぎりまで戻って来なかった。念仏ばあさん二日目は介護士に起こされてようやくお目覚め。昼食後もすぐに消えた。どうやら、塗り絵友達がいるらしく、その人のところへ出かけていなくなるらしい。私には好都合だった。念仏ばあさんの念仏など聞いていたくなかった。

「早うお迎えに」

と言う割には、念仏ばあさんは毎朝のラジオ体操には参加していた。口と行動がちぐはぐであった。

五日目ぐらいに、思い切って私は部屋替えを申し入れた。ナースステーションで話を聞

いてもらった。おばあさんたちが、てんでに青いタオルを持っていき、エレベーター脇のバケツに入れていく。私は不審に思って介護士に尋ねた。

「あの青いタオルは何ですか？」

「顔を拭いたり洗ったりするためのものですよ。あなたのところにも、毎朝一枚ずつ配ってあるはずですよ」

「そう言えば、昨日びしょびしょに濡れたのが三枚、トイレにおいてありました」

「トイレ？　顔を拭くタオルですよ」

「それを私、一枚ももらっていない。そういう説明もないです」

車椅子を押して部屋のドアを開けると、床は濡れていた。

「どちらの方かが失敗して、慌てて床を拭かれたんじゃないですかね」

介護士は明らかにしまったという顔をした。

「ごめんなさいね」

と掃除を始めた。所在なく外を見ていると、どうやら外の階段は、二階の風呂場に通じているようだった。風呂場は結構大きくて、かなりの人数が入れそうな作りになっている。その向こうに、大きな栗の木が一本、まだ青い実をつけて立っていた。

部屋替えは聞き入れられた。案内された新しい部屋にはMさんがいた。

「最初から、こうしておいてくれれば良かったのにね」

Mさんは、私が子ども向きの物語を書いていたのを知っていたので、同室の人と、なるべく部屋の外で過ごすように協力してくれた。

壁に「新米」と言う字が貼ってあった。

「これ、Yさんの作品？」

と聞いた。

同室のYさんは、

「なあに、一枚きり、練習させてもらったんよ」

と答えた。謙遜の中に尊大さも感じた。
二、三日すると、Mさんの塗り絵の見事さに感心するようになった。丁寧で配色も良い。私はそれとなく褒めた。Yさんは、どうもそれが何気に気に入らなかったようで、
「あんたも部屋にばっかり閉じこもっていないで、ちょっとは他の部屋に行って塗りなされ」

盛んに勧めてきた。

「私は、文を書くということで入所してきたので、それだけでいいです」

丁重にお断りすると、やたらとどんなことを書いているんかと聞いてきた。あまり邪険にもできないので、

「子どもの物語です」

と答えると、

「そんなら、私の物語を書きんさい」

自分の子どものころの話をし始めた。

「家は、大山のはずれの方。今の道の駅の近くにあった」

(うっ、わりに我が家に近い。下手なことは言うまい)

「お父さんは、私が子どもの頃、先生をしておった。だから、他の先生が気を使って、たいして上手じゃない私の習字を真ん中にして貼ってくれたり、上の方に貼ってくれたりした」

「お父さんも田舎芝居が好きだったんじゃろう。私に何枚も着物を作ってくれた。女役のかつらも作ってくれて、小道具を調えてくれた。私は、歌に合わせて踊りを踊った。その

ために踊りも習った。先生はいつも私を相手に、踊りの稽古をした。どこでやるにもそうやってくれた」

私は、たいして面白くない自慢話を聞かされて退屈した。Mさんは、

「そうじゃったのう。昔はよく農休みに村芝居を呼んで、みんなで見たのう」

と懐かしそうだった。Mさんの相槌にYさんは満足げにほほ笑んだ。


「おねえさん」

「恋田百合江」と呼ばれる人が入ってきて、Yさんをそう呼んだ。

「ここにいなすったんで」

突然、大きな声で股旅物の言葉になったので、私はひとり大笑いをしてしまった。

「どうしてここまで来た？」

Yさんが聞いた。

「昨日、この人とチャンバラの話をしたのが面白かったので」

「えっ、私に会いに来てくれたの？」

私は自分を指さして聞いた。

「うん」

恋田百合江は、童女のような笑顔を見せた。

「わざわざ?」

「チャンバラ楽しかったよ」

「教えに来てくれたんだね」

ちょうどこの時、Yさん、隣の部屋の二人、廊下側の人たちも何人かいて、てんでに話をしていたのだった。ところが、私たちの話にあっけにとられて、全員こちらを見た。そしてあの童女が笑顔を見せた。歩行器に乗ったまま、

「玉吉、おとっつあんは、もう行かなきゃならねえ。達者で暮らせよ」

と、役者になり切った顔で言った。みんな突然始まった股旅物の一場面のセリフをぽかんとした顔で聞いていた。見ていたものの、しまいには拍手をくれた人もあった。

しかし、彼女の、

「しっこ、行きたい」

の一言で幕切れとなった。

時々、中央食堂の方から、もめごとらしき声が聞こえてきていた。たいてい介護士の、

「止《や》めんさい。くっついとると、すぐもめることになるから、離れて座りんさい」

というような声だった。

前から気になっていたが、恋田さんの名前が出ない日はないので、そっと覗いてみた。

恋田さんはソファのそばに立っていた。

いつも、私が車椅子で通っていると、

「じゃま」

と言う人がいて、恋田さんはその人と何かしら喧々《けんけん》とした言い方でもめている。

「真ん中を通るなと言う者もおる。素直にこそこそ端を通る者もおる」

と恋田さんが大きな声で言うと、その人は、カッカときて余計にキイキイ声をあげる。

それでも恋田さんは、

「通りゃんせ、通りゃんせ、ここは天下の大通りだい」

と立つ。

「恋田さん、喧嘩になるよ。その辺で止めんさい」

そんな日常を破るように、ある日、赤子の泣きじゃくるような声がした。介護士が叫ぶ。

「恋田さん！」

「痛いよう、痛いよう」

赤ん坊みたいな恋田さんの泣き声が響く。介護士たちが駆け出す音。エレベーターの行き交う音が続く。

私も何が起きたか見ようと車椅子で駆け付けたが、ちょうど恋田さんが担架で運ばれるところだった。

介護士たちはバタバタ動き回っていたので、私はそのまま部屋に入った。恋田さんは立ち上がる時にぶつけて胸の骨を痛めたらしい。大したことはないとのことだが、あの泣き様は異常だったので、みんな心配した。

Yさんは、恋田さんと同じ村の老人会をしていたという割には、恋田さんが東京で女剣劇の座長まで務めていたことも、こちらに帰ってからは、村の人を率いて講演会をしたりして生きていたなんてことも知らなかったため、面目丸つぶれの結果になってしまった。

次の日、風呂の入り口で恋田さんは、

「痛いよう、痛いよう」

と泣いていた、恋田さんに声をかけた私だったが、Yさんも気が付いていたのに知らん顔をしていた。

「山下さん！」

鋭く尖った声で、しょっちゅう呼ばれるこの人を叱責する声が飛んだ。

「やめてください。危ないでしょう」

「何度言ったらわかるの。いい加減にしなさい」

「あの声の介護士さん、叩いてたんは！」

とYさんは言った。

「髪の毛の短い人だよ」

その人かどうかも曖昧なような、曖昧でないような感じで言った。曖昧な話はことごとく無視することにした。実際忘れてしまっていた。

日曜日の朝は、なぜか爽やかな空気が漂っていた。

「おはようございます」

の一声で、心地良いざわめきが起こった。介護士の登場で、「地獄で仏」といった心境なのか、あの念仏ばあさんでさえ、この声を聞くと、そそくさと準備を整えて、この声の主が自分の部屋にやってくると、微笑みを浮かべて、

「久しぶりじゃのう、元気だった？」

と声を裏返した。

「ずいぶん過ごし易くなりましたね」

と介護士さんは一人ひとりに挨拶をしていく。私の部屋替えがあったこともよく知っていた。どの人にも一人ひとり言葉をかけていく。

「もうすぐ御飯ですよ。食堂に入りましょう」

とさりげなく誘っていく。みんなよく言うことを聞く。

この人が当番の日は、私も落ち着いて机に向かえる。

十四

親しくなるにつれ、食後に残って皆さんと話をするようになった。

修学旅行の話になった。

「Mさんらは、修学旅行に行ったん？」

Yさんが聞いた。

「あたしらの頃は行かんかったよ。せいぜい、先生らに交じって、なば採りに行ったぐらいかな」

なばとは、茸《なば》（キノコ）のことである。良いのがあるところは、みんなに隠していて毎年採りに行く。

「田植え、稲刈り、餅つき、みんな、子どもも働いた。なば採りに行くと、大抵キツネに化かされて帰れんようになるので、先生と行った。握り飯を作ってもらって」

「わしらは修学旅行、行ったよ。広島へ。芸備線に乗って、男はみんなガンボ（田舎のお山の大将。ガキ大将のような子どものこと）で、服の上着の前や両足のすそをそれぞれ針金などで縛って、袋にした中にいっぱい金物や釘などを入れてきた。戦争が終わって、原爆も落ちて半年か一年ぐらいしかたっていない頃で、トタンをめくると煙が出たり、温かった」

とYさんは言うのだが、ちょっと待てよ。話が混乱している。たぶん戦後すぐの混乱が混じっているのだろう。修学旅行なら宿泊の話もあるだろうに。遠足ということなら考えられる。

先生が手放しで鉄くず拾いをさせる。その間、女の子は何をしてたのだ。この老女の思い出を混乱から救い出しながら、戦後の日本の復興期を整理させる必要がある。

ガンボたちの活躍の話の他にも、芸備線を降りた後、何里も歩いて家に帰ったというのも大変な旅である。たぶん私の予想では、女の子も鉄くずを拾ったに違いない。そうして家の助けにしたと思う。Yさんは、結構ガンボだったことだろう。

前にも書いたが、一度、壁に貼ってあったYさんの作品の習字の見事さを褒めたことがあった。すると、

「お父さんが、先生だったからか、担任が二、三年の私の習字を必ず一番上に貼り出してさあ」

得意そうであった。手の震えさえなければもっと上手かったに違いない。

塗り絵もセンスはよかった。他の人は、鉛筆による重ね塗りなど思いつかないのか、だれもそんな塗り方はしていなかった。

加藤さんは、リハビリ以外ほとんど出歩かない人だった。Yさんから紹介されるより早く、私が既によく知っていた。塗り絵の先生だ。Yさんは、一人で毎朝ふらっと出て行っては、この人のところで塗り絵のコピーをもらっていた。

「先生」

と呼んでいた。先生は食堂の続きにある介護士が布巾を用意したり、各部屋からの連絡板が貼ってあったりする小部屋の前に、机と椅子をもらって、食後から次の食前まで切り絵をしていた。念仏ばあさんと向かい合わせの部屋だったので、加藤さんは最初から挨拶を交わす仲だった。

先生の作品は、ここ、あそこに貼り出してあった。私がそれを認めると、Yさんは、多少ご機嫌が悪くなった。

加藤さんの机の上には、塗り絵のコピーがたくさん置いてあり、折り紙や糊もあった。

Yさんは、これをもらいに来ていたことが分かった。

他にも大勢の塗り絵愛好者がてんでに来て、それぞれやりたいものをもらいに来ていた。

Yさんは、私にも盛んに勧めたが、

「やりたいことがあるので」

と固辞した。

どうして老人になると塗り絵や折り紙をやらなければいけないのか、意味が分からない。

加藤さんはYさんに、

「好き好きだから、押し付けるのはいけませんよ」

と諭した。加藤さんのおかげで助けられた。

それでも食後、Yさんは、私の分も揃えて塗り絵を分けてくれたが、Mさんはそれを引き受けてくれて、私は何とか難を逃れた。

昼食までの時間はすぐに終わり、お昼が来る。誰かが自分と付き合ってくれる。こんな時は、Yさんはご機嫌だ。


延び延びになっていた、私の六年生の修学旅行の日のことを話す日が来た。「よしかちゃん」のことを思うと、何度も顔がほころんで、笑いが込み上げてくる。

よしかちゃんは、六年生のクラスメイトの一人だった。どんな小さなことでも、すぐに笑う、笑い上戸だった。

修学旅行の京都の夜、泊まった修学旅行専用の旅館で、お定まりの枕投げをした。女の子二十数人は、一つの部屋で全員一緒だった。男子は十五、六人だったと思う。これほど人数にばらつきがあったのは、当時住んでいた三重県四日市市が住宅団地を開発して、ちょうどその頃九州の炭鉱が閉山になるため、炭鉱離職者を大量に引き受けることにして、入れ代わり立ち代わり、引っ越してきたり引っ越して行ったりと、いったい何人の子どもがいたか子どもの目にはわからなかったのである。よしかちゃんたちも、そのうちの一家だった。

私たち家族は、それに先だって昭和三十四年の伊勢湾台風で被災した家族だった。私は小学一年生だった。だから特に子どもの出入りが多く、五十人以上のクラスになったこともあった。

それで、闇の中での枕投げで、枕が一つ割れて中身が飛び散った。誰が投げた枕なのかわからない。だれ言うともなく、

「どうする、ちひろちゃん」

と私に言い出した。これでは、私の責任じゃないか。広い部屋の豆球を一つだけつけた中で、私は真剣に考えた。思いつくままに作戦を考えた。

「まず、レイちゃんとカッちゃんは見張り。先生が来ないように見張る。言い逃れを考えておいて、この部屋に近づけないようにして。あとのみんなは、今から後、絶対に声を出してはいけない。話してもいいのは、私だけ。わかった?」

みんなは、黙ってうなずいたが、よしかがもう笑いそうになっていたのがわかったので、

「よしか、笑うな!」

と言った。周りが真剣な顔でよしかちゃんの口を押さえた。

「畳を、入り口の端から上げて」

散らばった枕のかすをほうき、ちり取りを出して、畳の下に均等になるように入れさせた。豆電灯の下で、無言で作業を進めた。畳を敷き終わったところに布団を敷き、出来上がり。見事な連係プレーで短い時間でやり遂げた。

十五

ある日の昼食後、Yさんが頭を寄せてきて言うには、

「ちょっと聞いて、本当に悔しいんだ。どうも、うちにここから出て行って欲しいらしい」

「……」

「嫌がらせがあるんや」

「誰がそんなこと考えているの」

「職員や」

「どうして、そんなこと思うん」

「ここに入って一年ぐらいになる」

「そんなに居るん？　四か月、六か月くらい、長くったって一年もいられないって聞いたけど」

「うちは、何か月おきにか、三回くらい入っている」

「へえー」

私は驚いて話を聞いた。

「長く居ったから、そろそろ出て行って欲しいんや。うちかて出たい」

「家の人に相談したら？」

「娘は二人とも広島にいるから帰れん」

私たちは黙った。

「Mさん、退所する時、一緒に連れてって」

「ああ、ええよ」

「本当に、ええの？」

「何なら、三人で住もう」

とYさんは私も誘った。即座に首を横に強く振り、

「いい！」

私は車で五分くらいのところに娘もいるし、友達も近くにいるからと断った。

その強い口調を聞いて、安堵していた人が近くにいたことを私はまだ知らなかった。

翌日の朝食の後、Mさんは退所することになっていた。その夜、隣のYさんのベッドから、ごそごそ、ごそごそ音がした。それは消灯の時間になり介助員が来るまで続いた。

翌朝、見回りからYさんが戻ってくると、すぐ私に自分のベッドを開けて、

「これ、見て！」

と言った。ベッドの足元には、ビニール袋にぎっしり詰められた着替えの下着やズボンが一袋、未使用の紙パンツやパットが一袋、着替えの洋服が入った袋があった。黙って見ている私に、

「こんな嫌味なことするんよ」

と言った。

「だれが？」

「職員よ」

「証拠はあるん？」

「前に私が落とした小さなバッグを職員が持っていったことは話したでしょう。あれを向かいの職員の部屋に持って行ったと言ったでしょう。あそこにまだあるに違いない」

「そう思うんなら、そう言ってみたら？」

「いや、違いない」

「思い込んでいるだけじゃわからないよ。確かめてみなさいよ」

「わかった。言えばいいんだね」

しかしその後、Yさんは一向に確かめている気配はない。私にやらせようなんて言ったって、やってやらないよ……。

次の朝、その不可解な荷物を前にした彼女は、三つの袋をそれぞれ開けて見せて、もう一度包み直した。私はその時気がついた。包み直す前の荷物の縛り方が、彼女の縛り方と同じだったのだ。私のように麻痺した手ではなく、しっかり縛り付けられていた。

私はこれ以上調子に乗って職員を手こずらせるなと言ってやろうと思っていた。そこへ電話が入り、私は自分の間仕切りカーテンを開けて電話に出た。

カーテンの向こうで、Yさんの声がした。

「看護師さん、ちょっとお話が」

「ああ、良かった。私の方もあるのよ。私の話を先に聞いてくれる?」

看護師長さんの声がした。二人のやり取りを聞いて、後は電話に集中した。

私の電話は十分とかからなかった。それからカーテンを思いっきり開けて、Yさんのベッドの方を見た。そこには、Yさんどころか、彼女のベッドも机もごみ箱さえも、何もかもなくなっていた。私は、いきなり一人部屋の住人になった。

「Yさん、どうしたのですか？」

そこにいた看護師に聞いた。

「ちょっとね。二階へ降りてもらいました」

というのが答えだった。それ以上の答えは誰も言わなかったが、それからはみんなが私に親切になり、

「お疲れ様」

とか、

「大変でしたね」

と労ってくれて、やさしくしてくれた。その日、エレベーターで一階に降りる時、夜勤明けの介護士もすごく元気に手を振ってくれて、

「お疲れ様、また、明後日ね」

と言ってくれた。Yさんの持っていた〝毒〟のことについて、この人たちも気が付いていたんだという確信を持った。私の方こそ、

「お疲れ様」

と手を振った。

その夜はしっかり眠れた。熟睡できるようになり、好きなことを思いっきりやって過ごすことができた。

二週間ほど快適なひとり暮らしが続いた。十一月に一度帰宅する日があったが、その日はともかく寒い日で、あまりの寒さに、私は三月ぐらいまでこのままここに居ることを決めてしまった。

十一月十五日に、新しい入居者が来て、気ままなひとり暮らしは終わりを告げだ。決して癖のある人ではなかったが、やはり複数の居住は気を使う。しかし私は、この施設のいろんなことを誰からも教えてもらえなくて困ったことがたくさんあったので、その人には教えてあげなくては不便をかけてしまうと思った。自分が知っていることは少しでも教えてあげるようにした。

十六

程なく、またしても大変なことが起きた。

二〇二三年十一月二十一日早朝、起こしに来た夜勤の介護士が、

「コロナがこの施設で発生しました」

と告げた。私は驚いて、寒さも忘れ跳び起きた。二階の部屋の患者から発生したという。すぐに窓を開けるように頼むと、

「寒いですよ」

と、一向に開けようとしない。

「なんてことを言うんですか。もうじき七時ですよ。換気をよくしなくては」

介護士は、鍵を持っていないと再度拒んだ。ここはちょうど刑務所にも似ていて、二重鍵になっている。聞くところによると、同じ階から飛び降りた人がいて、それ以来、鍵を二重につけるようになったのだそうだ。そのことは、飛び降りのあった部屋の人から聞いて知っていた。

「冗談じゃない。コロナは、換気が大事なんです。早く鍵を持ってきて」

「わがまま！」

と、介護士は投げつけるように言った。

朝食は、何の前触れもなく九時過ぎに配布された。この日から、コロナの発生により各部屋で孤食になると伝えられた。

一人一人、プラスチックの弁当箱に入れた冷たい食事が配られた。お茶も冷えていた。冷たい食事に冷たいお茶、そして冷たい牛乳。一気に体が冷え切ってしまった。同居人は体が冷えてしまったために、食事が終わるとすぐに布団を被って震えながら寝ていた。

これまで観られたテレビも観られない。新聞も読めない。いつの間にか本棚も撤去され、そっと借りに来た人が、

「本は？」

と声を上げている。

「もう借りられませんよ」

と冷たく受付に言われていた。よく見ると、受付は介護士だか看護師だかわからない見知らぬ人に入れ替わって立っていた。

当然のように、週二回あったお風呂も中止になり、いつまでないのかも告げられない。どこへ持っていかれたのか、一人ひとり集めたはずの着替えはなくなっていた。

私のように、家庭で洗濯してもらっている人は、当分お風呂がないので、着替えを持ってこなくてもよい旨の連絡が各家庭に行ったという。

一週間に一回あったシーツ替えも、毎日来ていたお掃除のおばさんもみんな来なくなった。介護士や看護師はいったいどこからやってくるのだろう。しかも、今までの通常のメンバーではない。わずかに見知っている看護師や介護士に、

「みんなどうしたの？」

と聞いてみた。

「二階で患者が出てね。そのために二階に行っているの」

「うつっていない職員は、三階に来ているの」

などと教えてくれた。

「情報を知りたいので責任者を呼んでください」

と私は言った。しかし忙しいので無視されてしまった。

そのうち三階にいた、看護師さんたちからよく名前を呼ばれて注意されていた患者の人

の名が聞こえなくなり、代わりに今まで聞いたことのない名前が聞こえるようになった。どこか他の場所に移動させられたのだろうか。

いつしか、夜中も、フェイスシールドをつけて作業員が机を運んだり、ベッドを動かしたりするようになった。私たちはウイルスから身を守るために廊下のドアを締め切り、一日に何回か換気のために外向きのドアを開けたり閉めたりするようになった。この作業は、自分たちでやらないと、誰もやってくれなかった。指示がなくても、私は一日に最低三回は開け閉めした。他の部屋は、介護士さんや看護師さんがしてくれているだろうか。そこまではわからない。第一、普段見知らぬスタッフが多くて、少しは見覚えのある人に遭遇するのもやっとだった。

三階で働く人たちに混じって三階の患者に呼びかけを始めた。

「コロナが流行っています。勝手に他人のトイレに入らないようにしましょう」

というのも、ここでは、トイレに間に合わなければ他所の部屋のトイレに入ってもよいとなっていたので、その時便利な場所のトイレに来る人も多かったのだ。

「他の人のトイレに入ると、自分だけでなく、その人にもうつしてしまうから、やめましょう。お互いの迷惑を考えましょう」

「部屋から出歩いては人にうつす危険があります。今は我慢して部屋に居ましょう」

など、患者のわがままもこらえて、公の立場に立って呼びかけもした。

大晦日の前に、
と叫び、

「赤いきつねか緑のたぬきでいいから、温かい年越しそばで年を越したーい！」

「お正月早々、お疲れ様です。全国でも大変なことになっているようです。無理をせず、うつってしまった方は、しっかり治療してください」

とねぎらった。私の声かけには驚いていたものの、誰一人、妨害や止める人もなく、それまで音の出る作業をしていた人さえ止めて、みんな聞こえるようにしてくれた。

今の状況を知らせるために、なるべく声をかけるようにした。それを注意する人がいなくなったのは、クリスマス頃だったろうか。私はこの頃、県に直接電話をし始めた。

「老健施設でクラスターが発生していることをご存じですか？」

県は冷たく、

「そういうことは、各市町に連絡してください」

と言うのみ。しかし、当該の市役所は驚いてすぐに対応し始めた。

翌日も連絡を入れた。担当者が出かけており、すぐにはつかまらないようだったが、対応はしてくれているようで少し安心した。

クリスマス前になっても、冷えた弁当と、冷たいお茶の生活だった。この頃、友達を通じて頼んでいた、国会議員や地方議員の動きがはっきりしてきた。

私が何度も言ってきた、

「責任者から、現在の状況を正しく教えて」

に対して、やっと課長という人が来た。そして患者の様子を初めて話してくれた。

「入居者四十九名中、コロナでない人は二名」

と言った。なんと、感染していないのは私の部屋だけだったのだ。

ただ、この数は何度も聞いたのであるが、いつも少しずつ違った。ある時は四人、ある時は八人だった。ある時は女の人が四名。どの数が正確なのかはわからないが、まあ、この辺りなんだろうと思った。

とにかく二階にいた人たちで、コロナに罹ってない人は三階に上げられて、コロナになってしまった人たちは二階に降ろされたのだった。

毎日の換気も徹底して、太陽が出るたびに喜んで日光浴を行った。太陽のコロナと同じなんて、ふざけた名前を付けたのはいったい誰だと憎み、太陽の恵みにはあくまで感謝した。

何日も取り換えていない下着。着た切り雀の上着のまま、何日過ごしただろうか。正月目前の十二月三十日に、急にコロナに罹っていない人たちに入浴の声がかかった。何日ぶりだろう。

「垢がふわふわ浮きますよ」

入れてくれる介護士に、はしゃいでそんなことを言うと、

「ゆっくり入ってください。久しぶりなのだから」

と言われながら、

「どれだけごしごしされても良いですよ」

と言いながら、ゆったりと湯に浸かった。

速く入るのにすっかり慣れていた私たちは、あまりに急いで上がろうとするので、

「まだまだ」

と言われ、何度も肩まで浸かり直した。湯疲れも手伝って、冷たい夕食はもういらなかった。

国会議員秘書と連絡を取り合っていた私の友達が、ちょうどお風呂の前に秘書の話を伝えてくれていた。

「お年寄りを一か月近くもお風呂に入れていないなんて虐待だ‼」

と言ったそうで、その話を受けて、この日、私たちを入浴させたようであった。

入浴して分かったことは、施設側にやる気があれば、もっと早く入れることはできたはずであったのに、入れてもらえなかったのは、何を言い訳にしても利益に繫がらなかったからであった。

「あとは死ぬだけの人」

と見做されたものには、それほど手厚くする必要はないのだ。

「すべて上からの指示である」

それに従って、実行するのは、彼らである。

入浴時に男性の介護士が洗ってくれることがあった。私は驚いて、

「男の人はちょっとお断りしたいです」

と断った。この前まではそれでもオーケーだった。一回のみ、人手が足りないと言われてしぶしぶ受け入れたが、やっぱり嫌だった。その後、二度と強要することはなかった。しかし、自分以外の人で男性を拒否する人は誰もいない。私は、そうであっては嫌だ。

同じ部屋の人に意見を聞いてみた。

「みんなも、本当は嫌なんじゃないかと思うけれど、どうなんでしょう」

「本当は嫌だろうかと思いますよ。自分も今度は、押し付けられたら頑張って断ります」

などと言われた。

「男の人はせめて、最後に若い女の人に洗ってもらいたいと思う人があっても、それはそれでいいことだと思う。きっと、こんなおばあさんよりよほど楽しいでしょう」

二人して笑った。

「この後、老健センターや老人ホームに行くにせよ、ここで人生を終えるにせよ、今を生きているのは自分だけじゃないという気持ちで生きていきたいね。せめて最後の選挙には、自分のためじゃなく、自分の子どもや孫の未来のために、これからを生きる人のために、責任を持てる人を選んでいくべきだよね。老人よ、悔いを残さない生を生き切ろう」

心からそう思った。

（撮影　森安　咲）

あとがき

この作品を周りの方に読んでいただいたとき、なぜ『生命の杜　序章』という題名にしたのかという質問を、何人かの方から寄せられました。

一刻堂の裏の部屋で死を覚悟したとき、まだ小一時間しか経っていなかったのですが、そのときは右手で左手を触っても感覚がありました。

この病気は脳梗塞か脳出血だろうと思っていました。このまま寝たきりになれば時間はたっぷりあると思われるので、何か、まだ書いたことがない長編の作品を考えようと思ったのでした。こうしてただ寝転がっていても仕方ないので、構想を練ろうなどと考えました。

岡山にしては珍しい、雨の一日でした。次の日も雨でした。

九時過ぎに電話が鳴りました。約束をしていた保険屋さんからでしょう。このときばかりは、電話に向かって助けてと声を上げたくなりました。そんなことをしてもしょうがないと、また一人、思考に戻りました。

やがて二日目も過ぎてしまう、このままでは凍え死んでしまう……と思ったとき、うまいこと、倒れたままでも足を伸ばせば右足が立って水道の蛇口の高さに届いたので、思いっきり足を伸ばして蛇口をひねりました。ほどなくお湯がほとばしり出てきて、顔や体を温かく濡らしてくれました。

雨が上がり、春の夕暮れが終わろうとしていました。裏の家の窓ガラスが明るくなり、若い女の子の話し声が聞こえてきました。

(助かった……)

この文章を本にするまでは、私は死ねないと思っていました。ところが、右手が動かないのを知り、いっそあきらめようかとさえ思いました。しかしある友達が「今はテープレコーダーもあるし、パソコンでもうまくやれるようだよ」と。そこでピンときたのが、パソコンに詳しい友人のことでした。さっそく電話でこちらの状況を説明し、相談したところ、彼はなんの躊躇もなく快諾してくれました。

とはいえ、結構手間のいる仕事でした。原稿用紙一枚を電話で読み、それを活字化するのに一日仕事でした。普通に原稿用紙に書いたものではなく、私の頭の中で変換して読み上げるわけです。協力してくださった多田さんにとっても初めての作業が多く、本当にお世話をおかけしました。最後の最後まで付き合わせてしまい、誠に申し訳なかったと思います。


あれから二年が経って、春が来ました。

お花見に行きたいと思うほど、私も元気になりました。

家の近くの介護施設のお風呂にも通うようになりました。

そこで、九十代の女の人ふたりの会話が聞こえてきました。私のことを話しているような気配です。

「あの人は脳梗塞だか脳出血だかで、もう二回もやってるんだって」

「えっ、二回も倒れたら死ぬって聞いてるけど」

「そうよ、普通はそうなのよ」

「なにか、お役目があるんでしょう。あの人はそれをやり遂げてからでないと死ねないのよ」

お役目が終わらないと、逝かなければならないところにも逝かれない、か。

じゃあ、私の人生、まだまだ「序章」なのだ、と思うことにしたのでした。

著者プロフィール
長嶋 礼（ながしま れい）
三重県立四日市南高等学校卒業
大谷大学史学科国史学科専攻卒業
四日市市立山手中学校ほかで講師
佛教大学通信教育課程小学校コース卒業
神奈川県横須賀市立田浦小学校教諭ほか
35年勤務
2013年より岡山市にて古書店「一刻堂」経営

生命《いのち》の杜《もり》　序章

2024年７月15日　初版第１刷発行

著　者　長嶋 礼
発行者　瓜谷 綱延
発行所　株式会社文芸社
〒160-0022　東京都新宿区新宿1－10－1
電話　03-5369-3060（代表）
03-5369-2299（販売）

印刷所　図書印刷株式会社

ISBN978-4-286-25402-9